GRöLS Verlage

„BÜCHER SIND WIE FALLSCHIRME. SIE NÜTZEN UNS NICHTS, WENN WIR SIE NICHT ÖFFNEN.“

Gröls Verlag

Redaktionelle Hinweise und Impressum

Das vorliegende Werk wurde zugunsten der Authentizität sehr zurückhaltend bearbeitet. So wurden etwa ursprüngliche Rechtschreibfehler *nicht* systematisch behoben, denn kleine Unvollkommenheiten machen das Buch – wie im Übrigen den Menschen – erst authentisch. Mitunter wurden jedoch zum Beispiel Absätze behutsam neu getrennt, um den Lesefluss zu erleichtern.

Um die Texte zu rekonstruieren, werden antiquarische Bücher von Lesegeräten gescannt und dann durch eine Software lesbar gemacht. Der so entstandene Text wird von Menschen gegengelesen und korrigiert – hierbei treten auch Fehler auf. Wenn Sie ebenfalls antiquarische Texte einreichen möchten, finden Sie weitere Informationen auf www.groels.de

Viel Freude bei der Lektüre wünscht Ihnen das Team des Gröls-Verlags.

Adressen

Verleger: Sophia Gröls, Im Borngrund 26, 61440 Oberursel

Externer Dienstleister für Distribution & Herstellung: BoD, In de Tarpen 42, 22848 Norderstedt

Unsere „Edition | Werke der Weltliteratur“ hat den Anspruch, eine der größten und vollständigsten Sammlungen klassischer Literatur in deutscher Sprache zu sein. Nach und nach versammeln wir hier nicht nur die „üblichen Verdächtigen“ von Goethe bis Schiller, sondern auch Kleinode der vergangenen Jahrhunderte, die – zu Unrecht – drohen, in Vergessenheit zu geraten. Wir kultivieren und kuratieren damit einen der wertvollsten Bereiche der abendländischen Kultur. Kleine Auswahl:

Francis Bacon • Neues Organon • **Balzac** • Glanz und Elend der Kurtisanen • **Joachim H. Campe** • Robinson der Jüngere • **Dante Alighieri** • Die Göttliche Komödie • **Daniel Defoe** • Robinson Crusoe • **Charles Dickens** • Oliver Twist • **Denis Diderot** • Jacques der Fatalist • **Fjodor Dostojewski** • Schuld und Sühne • **Arthur Conan Doyle** • Der Hund von Baskerville • **Marie von Ebner-Eschenbach** • Das Gemeindekind • **Elisabeth von Österreich** • Das Poetische Tagebuch • **Friedrich Engels** • Die Lage der arbeitenden Klasse • **Ludwig Feuerbach** • Das Wesen des Christentums • **Johann G. Fichte** • Reden an die deutsche Nation • **Fitzgerald** • Zärtlich ist die Nacht • **Flaubert** • Madame Bovary • **Gorch Fock** • Seefahrt ist not! • **Theodor Fontane** • Effi Briest • **Robert Musil** • Über die Dummheit • **Edgar Wallace** • Der Frosch mit der Maske • **Jakob Wassermann** • Der Fall Maurizius • **Oscar Wilde** • Das Bildnis des Dorian Grey • **Émile Zola** • Germinal • **Stefan Zweig** • Schachnovelle • **Hugo von Hofmannsthal** • Der Tor und der Tod • **Anton Tschechow** • Ein Heiratsantrag • **Arthur Schnitzler** • Reigen • **Friedrich Schiller** • Kabale und Liebe • **Nicolo Machiavelli** • Der Fürst • **Gotthold E. Lessing** • Nathan der Weise • **Augustinus** • Die Bekenntnisse des heiligen Augustinus • **Marcus Aurelius** • Selbstbetrachtungen • **Charles Baudelaire** • Die Blumen des Bösen • **Harriett Stowe** • Onkel Toms Hütte • **Walter Benjamin** • Deutsche Menschen • **Hugo Bettauer** • Die Stadt ohne Juden • **Lewis Caroll** • *und viele mehr….*

Rabindranath Tagore

Hohe Lieder

Inhalt

1

Du machtest mich endlos – so
ist dein Belieben. Dies schwache Gefäß
leertest du wieder und wieder und
fülltest es immer mit neuem Leben.

Du trugst diese kleine Rohrflöte über
Hügel und Täler und hauchtest durch sie
ewig neue Melodien.

Bei dem unsterblichen Druck deiner
Hände verliert mein kleines Herz seine
Grenze in Freude und gebiert unaussprechliche
Worte.

Deine unendlichen Gaben empfange
ich nur auf diesen meinen sehr kleinen
Händen. Zeitalter vergehn und immer
gießest du aus, und immer ist Raum, um
erfüllt zu werden.

2

Wenn du mir befiehlst zu singen,
scheint mir das Herz vor Stolz brechen
zu wollen; ich schau in dein Antlitz, und
Tränen kommen mir in das Auge. All das,
was hart und mißtönig ist mir im Leben,
zerschmilzt in eine süße Harmonie – und
meine Anbetung breitet die Schwingen
gleich einem frohen Vogel im Fluge über
die See.

Ich weiß, mein Singen macht dir Freude,
ich weiß, nur als Sänger werde ich vor
dich gelassen.

Ich rühre mit dem Saume der weitausgebreiteten
Schwinge des Sangs deine
Füße, die nie zu erreichen ich streben
könnte.

Trunken von Freude des Singens vergeß
ich mich ganz und nenne dich Freund,
der du mein Herr bist.

3

Ich weiß nicht, wie du singest,
mein Meister, ich lausche immer in stillem
Staunen.

Dein Licht der Musik erleuchtet die
Welt. Der Lebenshauch deiner Musik
läuft von Himmel zu Himmel. Der heilige
Strom der Musik durchbricht alle Hindernisse
von Stein und stürzet fort.

Mein Herz ersehnt, deinem Sang sich
zu einen und ringt umsonst nach Stimme.
Ich wollte sprechen, doch Sprache fügt
sich dem Sang nicht, da schrei ich getäuscht
auf! O du hast mein Herz gefangen
in deines Liedes endlosen Maschen, mein
Meister.

4

O du meines Lebens Leben! Immer
werd ich mich mühn, rein meinen Leib
zu erhalten, wissend, daß auf meinen
Gliedern lebendig dein Hauch ist.

Immer werd ich mich mühn, Unwahres
mir fern vom Denken zu halten, wissend:
du bist die Wahrheit, die mir im Geiste
das Licht der Vernunft entzündet.

Immer werd ich mich mühn, von meinem
Herzen die Übel zu treiben und meine
Liebe in Blüte zu halten, wissend: du
thronest im Allerheiligsten meines Herzens.

Und es soll immer mein Streben sein:
dich offenbaren in meinem Tun, wissend,
daß deine Macht mir Kraft gibt zum Handeln.

5

Ich bitte nur um ein wenig Geduld,
um an deiner Seite zu sitzen, das Werk,
das ich wirke, wird später vollendet.

Ferne dem Schaun auf dein Antlitz,
kennt mir das Herz nicht Ruhe noch Rast;
und mein Werk wird endloses Mühn am
uferlosen Meere der Mühe.

Heut kam der Sommer ans Fenster
mit seinem Summen und Surren, die

Bienen singen von Minne am Hofe des
blühenden Haines.

Nun ist es Zeit, um stille zu sitzen von
Antlitz zu Antlitz mit dir und dir zu singen
des Lebens Widmung in dieser schweigenden,
überströmenden Muße.

6

Pflück diese kleine Blume und
nimm sie und zögre nicht, ich fürchte, sie
welkt und fällt in den Staub.

Sie wird keinen Platz in deinem Kranze
finden, doch ehre sie mit dem Schmerzensdruck
deiner Hand und pflücke sie
ab. Ich fürchte, der Tag könnt enden, eh
ich es merke und die Zeit des Opferns
vergehn.

Ist auch die Farbe nicht tief und ihr
Duft nur schwach, nütze die Blume für
deinen Dienst und pflück sie, solange es
Zeit ist.

7

Mein Lied hat seines Schmuckes sich
entäußert, es ist nicht stolz auf Kleid
und Zier. Der Schmuck könnt unsre
Einigkeit zerstören, er würde zwischen
dich und mich sich stellen; dein Flüstern
könnt ertrinken in dem Klingklang.

Mein Dichterhochmut stirbt in Scham
vor deinem Anblick, o Meisterdichter,
ich saß dir zu Füßen. Laß mich mein
Leben grad und einfach machen, gleich
einer Flöte, die du füllst mit Tönen.

8

Das Kind, dem ein fürstlich Kleid
man anzog, und das Juwelen um seinen
Nacken trägt, verliert alle Freude an seinem
Spiel, behindert vom Kleid bei jedem
Schritt.

Aus Furcht, es könnte zerreißen, vom
Staube befleckt sein, hält es sich fern von
der Welt und fürchtet beinah sich zu regen.

Mutter, es ist kein Gewinn im Zwang
deines Putzes, wenn er uns ausschließt
vom heilsamen Staube der Erde, wenn
er des Rechts uns beraubt, hinzuzutreten
zum großen Markt des gemeinen menschlichen
Lebens.

9

Narr, der du suchst, dich auf eignen
Schultern zu tragen; o Bettler, der du
kommst, an eignen Türen zu betteln!

Leg deine Lasten in seine Hände, der
alles trägt und schaue nicht zurück in
Bedauern.

Deine Begierde löschet sogleich das
Licht der Lampe, die sie mit ihrem Atem
berührt. Unheilig ist sie – nimm nicht
deine Gaben aus ihren unreinen Händen.
Nimm nur, was heilige Liebe dir bietet.

10

Hier ist dein Schemel, dort ruhn
deine Füße, wo die Ärmsten und Niedersten,
wo die Verlorenen leben.

Wenn ich versuche, mich dir zu neigen,
kann mein Haupt nicht die Tiefe erreichen,
wo deine Füße ruhen unter den Ärmsten
und Niedersten, den Verlorenen.

Stolz kann niemals sich nähern, wo du
umher gehst in den Gewändern der Demütigen
unter den Ärmsten und Niedersten,
den Verlorenen.

Mein Herz findet nie seinen Weg dorthin,
wo du Freundschaft hältst mit den
Freundlosen unter den Ärmsten, den Niedersten,
den Verlorenen.

11

Laß dies Stimmen und Singen
und Sagen des Rosenkranzes! Wen betest
du an in diesem einsamen, dunklen Winkel
des Tempels, in dem verschlossenen
Tor?

Öffne die Augen und sieh, dein Gott
ist nicht vor dir.

Er ist dort, wo der Pflüger den harten
Grund pflügt, wo der Steinklopfer Steine
bricht. Er ist mit ihnen in Sonne und
Regen und wo sein Kleid bedeckt ist mit
Staub. Leg ab deinen heiligen Mantel und
komme herab mit ihm auf den staubigen
Boden.

Befreiung? Wo ist die Befreiung zu
finden? Unser Meister hat freudig die
Bande der Schöpfung auf sich genommen;
er ist mit uns für immer gebunden.
Komm heraus aus deiner Betrachtung,
laß Blumen und Weihrauch beiseite! Was
schadet es, wenn deine Kleider zerreißen
und fleckig werden. Geh ihm entgegen,
stehe bei ihm in der Arbeit, dem Schweiß
deiner Stirne.

12

Die Zeit, die meine Reise braucht,
ist lang, und der Weg ist lang.

Ich kam heraus auf dem Wagen im
ersten Strahle des Lichts und setzte die
Fahrt weiter fort durch die Wildnis der
Welten und ließ meine Spur auf manchem
Stern und Planeten.

Es ist der fernste Weg, der am nächsten
führt zu dir selbst, und jene Übung
ist die schwierigste, die zum allereinfachsten
Ton kommt.

An jede fernste Türe muß der Wanderer
klopfen, bis er zur eigenen gelangt,
durch alle äußeren Welten muß man ziehn,
zuletzt zum Allerheiligsten zu kommen.

Und meine Augen streiften weit und
breit, eh ich sie schloß und sprach: „Hier
bist du!"
Die Frage und der Ruf: „O wo?" zerschmilzt
in tausend Tränenströmen und
ertränkt die Welt mit der Flut der Versichrung
„Ich bin"!

13

Das Lied, das ich kam zu singen,
bleibt ungesungen bis auf diesen Tag.

Ich brachte meine Tage hin, mein Instrument zu
stimmen und umzustimmen.

Der Takt kam nicht aus, die Worte
sind nicht recht gesetzt, nur eine Pein
des Wünschens ist im Herzen.

Die Blüte hat sich nicht geöffnet, nur
der Wind seufzt vorüber.

Ich habe sein Angesicht nicht gesehn,
nicht gelauscht seiner Stimme; nur seinen
leisen Fußtritt hab ich gehört auf der
Straße vor meinem Hause.

Der lange Tag verging damit, ihm den
Sitz am Boden zu breiten, die Lampe
aber ist noch nicht entzündet, ich kann
ihn nicht in mein Haus bitten.

Ich lebe der Hoffnung ihn zu treffen,
doch dieses Treffen ist noch nicht.

14

Meiner Begierden sind viele, mein
Schrei heischt Mitleid, aber du hast mich
noch immer gerettet durch hartes Verweigern,
mit dieser strengen Gnade hast
du mein Leben durch und durch gewirkt.

Tag für Tag machst du mich würdig
der einfachen, großen Gaben, die du mir
ungebeten gabst – des Himmels, des
Lichts, dieses Leibes, Lebens und Geistes
– und rettest mich aus der Gefahr des
Übermaßes der Wünsche.

Es gibt Zeiten, wo träge ich zögre und
andre, wo ich erwache und eile, mein
Ziel zu suchen; doch grausam birgst du
dich vor mir.

Tag für Tag machst du mich würdig deines
vollen Empfangs, indem du dich immer
versagst und rettest mich vor der Gefahr
der schwachen, unsicheren Wünsche.

15

Hier bin ich, dir Lieder zu singen.
In deiner Halle hab ich den Sitz im Winkel.

In deiner Welt hab ich kein Werk zu
tun, mein nutzlos Leben kann nur ausströmen
zwecklos in Tönen.

Wenn die Stunde schlägt für deinen
schweigenden Dienst im dunkeln Tempel
der Mitternacht, befiehl mir, mein
Meister, vor dir zu stehn und zu singen.

Wenn in der Morgenluft die goldene
Harfe gestimmt ist, ehre mich und befiehl
mir, vor dir zu erscheinen.

16

Ich habe die Ladung gehabt zum
Fest dieser Welt, und so ist mein Leben
gesegnet. Meine Augen haben gesehn,
meine Ohren gehört.

Mein Teil auf diesem Feste war, mein
Instrument zu spielen, ich habe alles,
was ich konnte, getan.

Nun frag ich, ist endlich die Zeit mir
gekommen, daß ich eintreten darf und
dein Antlitz sehn und schweigend dir
bieten meinen Gruß?

17

Ich warte nur auf die Liebe, um
endlich mich in seine Hände aufzugeben.
Deshalb bin ich so spät, und deshalb bin
ich schuldig so vieler Lücken.

Sie kommen mit ihren Gesetzen und
Regeln, um mich zu binden, doch ich
entschlüpfe ihnen immer wieder, denn
ich warte nur auf die Liebe, um endlich
mich in seine Hände aufzugeben.

Die Leute tadeln mich, nennen mich
unbedacht, ich zweifle nicht, sie haben
Recht zum Tadel.

Der Markttag ist vorüber, alle Arbeit
ist getan für die Geschäftigen. Die da kamen
umsonst mich zu rufen, gingen voll
Zorn. Ich aber warte nur auf die Liebe,
um endlich mich in seine Hände aufzugeben.

18

Wolken häufen auf Wolken sich
und es dunkelt.

Geliebter, warum läßt du mich draußen
vor dem Tore warten ganz allein?

In der geschäftigen Zeit des Mittagwerkes
steh ich zur Menge, aber an diesem
dunklen, einsamen Tage hoff ich auf
dich allein.

Wenn du mir dein Antlitz nicht zeigst,
wenn du mich beiseite läßt, so weiß ich
nicht, wie ich die langen regnerischen
Stunden verbringen soll.

Ich starre zum fernen Schimmer des
Himmels, und mein Herz wandert klagend
mit dem ruhelosen Wind.

19

Wenn du nicht sprichst, will ich mein
Herz mit deinem Schweigen füllen und
dulden. Ich warte und halte mich still wie
die Nacht mit ihren gestirnten Vigilien,
und ihrem Haupte tief geneigt in Geduld.

Der Morgen wird sicher kommen, das
Dunkel wird schwinden und deine Stimme
in goldenen Strömen sich ergießen
und vom Himmel brechen.

Dann werden deine Worte Schwingen
nehmen im Gesang von allen meinen
Vogelnestern und deine Melodien werden
in Blumen in meinen waldigen Hainen
aufbrechen.

20

An dem Tag, da der Lotos blühte,
schweifte mein Geist, ach, in die Irre,
und ich wußte es nicht. Mein Korb war
leer, und die Blume blieb ungepflegt.

Nur dann und wann bedrängte mich
Traurigkeit, ich fuhr aus dem Traum und
fühlte eine süße Spur seltsamen Wohlgeruches
im Südwind.

Die flüchtige Süße machte mein Herz
weh vor Sehnsucht, und mir deuchte, es
sei der brünstige Atem des Sommers, der
seine Vollendung suchte.

Ich wußte noch nicht, daß so nah es
war, daß es mein war, daß die vollkommene
Süße in meines eignen Herzens
Tiefe erblüht war.

21

Ich muß lichten mein Boot. Die
trägen Stunden vergehen am Ufer – wehe
mir!

Der Frühling verblüht und nimmt Abschied
und nun mit der Bürde der welken,
wertlosen Blätter harr ich und zaudre.
Die Wogen sind ungestüm und am Gestade
auf schattigem Rasenhang flattern
die gelben Blätter und fallen.

Auf welch eine Leere starrst du, fühlest
du nicht ein Schauern gehn durch
die Luft, mit dem Ton eines fernen Liedes
verschwebend vom anderen Ufer?

22

Im tiefen Schatten des regnichten
Juli wanderst du leisen Tritts, schweigend
der Nacht gleich und täuschest die
Wächter.

Heut hat der Morgen die Augen geschlossen,
achtlos des drängenden Rufes
des Ostwinds; ein dichter Schleier ist
über den immer wachen, blauen Himmel
gezogen.

Die Wälder lassen die Lieder verstummen
und an jedem Haus sind die
Türen geschlossen. Du bist der einsame
Waller in den verlassenen Gassen. O
mein einziger Freund, Geliebtester, die
Tore sind offen in meinem Hause – geh
nicht vorüber wie ein Traum.

23

Bist du draußen in stürmischer Nacht
auf deiner Reise der Liebe, mein Freund?
Der Himmel ächzt, wie einer, der verzweifelt.

Kein Schlaf kommt heut Nacht zu
mir. Ich öffne das Tor immer wieder und
schaue ins Dunkel, mein Freund!

Ich kann nichts erkennen vor mir, wo,
frage ich, liegt dein Pfad?

An welch dunklem Gestade des pechschwarzen
Flusses, welch fernem Rande
des dräuenden Forstes, durch welch irrvolle
Tiefe des Schattens suchst du deinen
Weg zu mir, mein Freund?

24

Wenn der Tag vorbei, wenn die Vögel
verstummen, die Winde müde erschlaffen,
dann lege den Schleier der
Dunkelheit dicht über mich, wie du die
Erde gehüllt hast in Decken des Schlafes
und zärtlich schlossest im Dämmern
die Blätter des schmachtenden Lotos.

Nimm von dem Wandrer, deß Bündel
leer ist von Vorrat, ehe die Reise vollendet,
dessen Kleid zerrissen und staubbeschwert,
dessen Kräfte erschöpft sind,
nimm von ihm Armut und Schmach, erneure
sein Leben, der Blume gleich unter
der Decke der gütigen Nacht.

25

In der Nacht der Ermüdung laß
mich dem Schlaf ohne Kampf mich hingeben
und ruhen in deinem Vertraun.

Laß den ermatteten Geist mich nicht
zwingen zu armer Bereitung für deinen
Dienst.

Du ziehst den Schleier der Nacht über
die Augen ermüdet vom Tage, um ihren
Blick zu erneun in der frischen Froheit
des Wachens.

26

Er kam und saß mir zur Seite, doch
ich erwachte nicht. Welch ein verfluchter
Schlaf, ich Elender, war das!

Er kam in schweigender Nacht; er hielt
die Harfe in Händen und meine Träume
tönten wieder seine Melodien.

Wehe, warum sind so meine Nächte
verloren? Wehe, warum vermisse ich

immer sein Angesicht, dessen Atem den
Schlaf mir berührt?

27

Licht! O, wo ist das Licht? Entzünd
es am brennenden Feuer der Sehnsucht!

Da ist die Lampe, doch weh, kein
Flackern der Flamme – ist das dein
Schicksal mein Herz! Dann wäre dir besser
bei weitem der Tod.

Elend klopft an die Tür, seine Botschaft
kündet: dein Herr ist wachsam, er
ruft durch das Dunkel der Nacht dich
zum Stelldichein.

Den Himmel verhängen Wolken; der
Regen ist endlos. Ich weiß nicht, was in
mir sich regt, weiß nicht seinen Sinn.

Ein Blitzstrahl zieht tieferes Dunkel
mir übers Aug, und mein Herz tastet
den Pfad, auf den die Stimmen der Nacht
mich rufen.

Licht! O, wo ist das Licht? Entzünd es
am brennenden Feuer der Sehnsucht. Es
donnert, der Wind stürzt kreischend
durchs Leere. Die Nacht ist schwarz,
schwarz wie ein Stein. Laß nicht die Stunden
vergehen im Dunkeln. Zünde die
Lampe der Liebe mit deinem Leben.

28

Hartnäckig binden mich Fesseln,
aber mein Herz schmerzt, wenn ich sie
brechen will.

Freiheit ist was ich brauche, aber ich
fühle Scham, sie zu hoffen.

Ich bin sicher: unschätzbarer Reichtum
ist in dir, und du bist mein bester
Freund, doch hab ich das Herz nicht, den
Flitter zu kehren, der meine Zimmer erfüllt.

Das Tuch, das mich deckt, ist ein Tuch
aus Staub und aus Tod, ich haß es und
liebe es doch.

Meine Schuld ist groß, mein Vergehn
groß, meine Schande ist schwer und geheim,
doch wenn ich komme, mein Gut
zu erbitten, zittre ich vor Furcht, daß mir
erhört mein Gebet sei!

29

Er, den ich mit meinem Namen umschließe,
er weint im Gefängnis. Ich bin
immer geschäftig, die Mauer um ihn zu
bauen und wie der Wall in den Himmel
wächst Tag für Tag, verlier ich in seinem
tiefen Schatten mein wahres Sein aus dem
Auge.

Ich bin stolz auf die mächtige Mauer,
verkleb sie mit Staub und mit Sand; daß
nicht das kleinste Loch in diesem Namen
bleibe. Bei all dieser Sorge verlier ich
mein wahres Sein aus dem Auge.

30

Ich zog allein auf meinem Wege
zum Stelldichein. Doch wer ists, der im
schweigenden Dunkel mir folgt? Ich
schleiche beiseite, um ihn zu meiden,
doch entkomme ich nicht seiner Gegenwart.

Er wirbelt den Staub von der Erde mit
seinem Stolzieren, er fügt seine laute
Stimme zu jedem Wort, das ich äußre.

Er ist mein eignes, kleines Selbst, Herr,
er kennt keine Scham, doch ich schäm
mich zu deiner Türe in seiner Gesellschaft
zu kommen.

31

Sag mir, Gefangner, wer hat dich gebunden?“

„Es war mein Meister,“ sprach der
Gefangne, „ich glaubte jeden in der
Welt mit Macht und Reichtum auszustechen.
Ich häufte im eignen Schatzhaus
das Geld, das meinem König gehört. Als
mich Schlaf übermannt, ruhte ich aus auf
dem Bett, das für meinen Herrn bereitet,
erwachend fand ich mich als Gefangner
im eigenen Schatzhaus.“

„Sag mir, Gefangner, wer wars, der diese
unbrechbaren Ketten geschmiedet?“

„Ich war es,“ sprach der Gefangne, „der
diese Ketten mit Sorgfalt geschmiedet.
Ich glaubte mit unbesiegbarer Macht, die
Welt zu fesseln, um Freiheit nur mir ungestört
zu erhalten. So wirkte ich Tag und
Nacht an der Kette mit großen Feuern
und grausamen harten Schlägen. Und als
das Werk getan, vollendet die Glieder
und unzerbrechbar, – da fand ich mich
selbst in ihrem Griff.“

32

Mit allen Mitteln halten mich fest,
die hier mich lieben in dieser Welt. Anders
ist es mit deiner Liebe: sie ist größer
als ihre, du machst mich frei!

Daß ich sie nicht vergesse, wagen sie
nie allein mich zu lassen. Doch Tag geht
auf Tag – du bist nicht zu sehn!

Wenn ich dich nicht ruf im Gebet,
wenn ich dich nicht halte im Herzen, so

wartet doch deine Liebe für mich auf
meine Liebe.

33

Als es Tag war, da kamen sie in mein
Haus und sprachen: „Wir wollen nur den
kleinsten Raum."

Sie sprachen: „Wir helfen dir deinen
Gott verehren, nimm du vorlieb mit unserm
Anteil an seiner Gnade." Dann
nahmen sie ihren Sitz im Winkel und
saßen still und bescheiden.

Doch im Dunkel der Nacht find ich,
wie sie den heiligen Schrein mir erbrochen,
laut und ungestüm und mit unheiliger
Gier das Opfer von dem Altar meines
Gottes reißen.

34

Laß nur dies Wenige übrig von mir,
daß ich dich nennen darf, mein All.

Laß nur dies Wenige übrig von mir,
daß ich auf allen Seiten dich fühle und zu
dir komme in jedem Ding, meine Liebe
dir biete in jedem Augenblick.

Laß nur das Wenige übrig von mir, daß
ich dich nimmer verberge.

Laß nur das Wenige an Fesseln mir,
womit mich dein Wille gebunden und
ein Zweck mir im Leben erfüllt ist – das
ist die Fessel deiner Liebe.

35

Wo der Geist ohne Furcht ist, das
Haupt man hoch trägt,

Wo Erkenntnis frei ist,

Wo die Welt nicht zum Bruchstück
von engen häuslichen Mauern zerbrochen
wird,

Wo die Worte aus Tiefen der Wahrheit
kommen,

Wo unermüdet das Streben den Arm
zur Vollkommenheit ausstreckt,

Wo der klare Strom der Vernunft seinen
Weg nicht verliert in dem trockenen
Sand der Gewohnheit,

Wo der Geist von dir geleitet, zu immer
sich weitendem Denken und Handeln geführt
wird,

Zu diesem Himmel der Freiheit, laß,
Vater, mein Land du erwachen!

36

Dies ist an dich mein Gebet, Herr
– triff, triff bis zur Wurzel des Mangels
mein Herz.

Gib mir die Kraft, leicht meine Freuden
und Sorgen zu tragen.

Gib mir die Kraft, meine Liebe fruchtbar
im Dienste zu machen.

Gib mir die Kraft, die Armen nie zu
verleugnen und meine Kniee vor frecher
Macht nicht zu beugen.

Gib mir die Kraft, meinen Geist über
täglichen Kleinkram zu heben.

Und gib mir die Kraft, meine Kraft
deinem Willen hinzugeben in Liebe.

37

Ich dachte, daß meine Reise ihr
Ende gefunden, bis zum letzten Bereich
meines Könnens – daß der Pfad vor mir
geschlossen sei, daß der Vorrat erschöpft
und die Zeit gekommen, um Schutz zu
finden in stiller Verborgenheit.

Aber ich finde: kein Ende kennt dein
Wille mit mir. Wenn alte Worte auf der
Zunge sterben, dann brechen neue Melodien
im Herzen aus; und wo die alte
Spur verloren ist, da wird ein neues Land
mit seinen Wundern offenbar.

38

Daß ich dich brauche, nur dich,
soll mein Herz wiederholen endlos. Alle
Wünsche, die mich zerreißen Tag und
Nacht, sind nichtig bis auf den Grund.

Wie die Nacht in ihrem Dunkel den
Drang nach Licht birgt, so erklingt aus der
Tiefe des Unbewußten der Schrei: „Ich
brauche dich, nur dich!“

Wie der Sturm sein Ziel im Frieden
sucht, wenn er den Frieden bekämpft
mit all seiner Macht, so schlägt mein Aufruhr
gegen deine Liebe, und doch ist
mein Schrei: „Ich brauche dich, nur
dich!“

39

Wenn mein Herz hart und verdorrt
ist, komm über mich mit einem Regen
der Gnade.

Wenn die Huld aus meinem Leben
verschwand, komm über mich mit dem
Sturm des Gesanges.

Wenn die lärmende Arbeit, das Getöse
ringsum sich erhebt und mich abschließt
vom Jenseits, komm zu mir, Herr des
Schweigens, mit deiner Ruhe, dem Frieden.

Wenn mein bettelhaft Herz sich verkriecht,
im Winkel verschlossen, brich
das Tor, mein König, und komm mit Gepränge
des Königs.

Wenn Begierde die Seele blendet mit
Täuschung und Staub, o du Heiliger, Wachender,
komme mit Blitz und mit Donner.

40

Gott hielt mir den Regen zurück,
Tag auf Tag vom verdorrten Herzen.
Feurig nackt ist der Horizont, keine dünnste
Decke von sanften Wolken, kein
schwächster Wink von fernem, kühlenden
Schauer.

Schick das zornige Wetter, schwarz wie
der Tod, wenns dein Wunsch ist, das
mit der Geißel des Blitzes den Himmel
von Pol zu Pol peitscht.

Doch ruf ab, Herr, ruf ab diese lastende
schweigende Hitze, still, scharf und grausam,
die das Herz mit düstrer Verzweiflung
verbrennt.

Laß die Wolke der Gnade schwer niederhängen,
wie der tränende Blick der
Mutter am Tage des Zornes des Vaters.

41

Wo stehst du hinter ihnen allen,
Geliebter, und birgst dich im Schatten? Sie
stoßen dich, gehn vorüber auf staubigem
Wege, als wärest du nichts. Ich warte
hier müde Stunden und breite die Gaben
für dich, die Vorübergehenden nehmen
die Blumen, eine um die andere – mein
Korb ist fast leer.

Vorbei ist der Morgen, vorbei der Mittag.
Im Schatten des Abends werden die
Augen mir schwer von Schlummer. Die
Menschen gehn heim und schauen auf
mich und lächeln und füllen mit Scham
mich. Ich sitze wie ein Bettlermädchen
und zieh meinen Rock mir übers Gesicht,

und wenn sie mich fragen, was mir fehlt,
senk ich die Augen und antworte nicht.

O, wie könnte ich ihnen wohl sagen,
daß auf dich ich warte, daß du mir versprachest
zu kommen. Wie könnt ich
vor Scham erklären, daß ich als Hochzeitsgut
diese Armut trage. Ich pfleg diesen
Stolz im Geheimsten des Herzens.

Ich sitze im Gras und träum in den
Himmel von dem plötzlichen Glanz deines
Kommens – alle Lichter entflammen,
goldene Fittiche fliegen um deinen Wagen
und die am Wege stehn gaffend,
wenn sie dich niedersteigen sehn von
deinem Sitz, mich vom Staube zu heben,
und dir zur Seite zu setzen, das lumpige
Bettlermädchen, erzitternd in Scham und
Stolz wie eine Ranke im Sommerwind.

Doch die Zeit gleitet hin und noch kein
Laut von den Rädern des Wagens. Manch
eine Schar zieht vorüber mit Lärm und
Glanz und Geschrei. Bist du es nur, der
im Schatten steht schweigend hinter
ihnen allen? Und ich nur, der wartet und

weint und sein Herz abzehrt in eitlem
Sehnen?

42

Früh am Tage hört ich ein Flüstern,
wir sollten segeln im Boote, du und ich
allein, und keine Seele der Welt sollte
wissen von unsrer Pilgerschaft nach keinem
Land und keinem Ziel.

In dem uferlosen Ozean bei deinem
schweigenden, lauschenden Lächeln würden
meine Lieder zu Melodien schwellen,
frei wie die Wogen und frei von allen
Banden der Worte.

Ist es noch nicht an der Zeit? Gibt es noch
Arbeit zu tun? Schau, der Abend senkte sich
über die Küste und im sterbenden Lichte
fliegen die Seevögel heim zu den Nestern.

Wer weiß, wann die Kette gelöst wird
und das Boot, wie der letzte Schimmer
der sinkenden Sonne verschwinden wird
in die Nacht?

43

Einst war ein Tag, als ich in Bereitschaft
nicht war für dich, und ungebeten
wie einer der gemeinen Menge tratest Du
in mein Herz, mir unbekannt, mein König.
Du drücktest dein Siegel der Ewigkeit
auf manch einen flüchtigen Augenblick
meines Lebens.

Und heute, als ich aus Zufall umherleuchte,
find ich die Siegel, finde umhergestreut
sie liegen im Staube, vermischt
mit Erinnerung an Freuden und Sorgen
des Alltags – vergessen.

Du wandtest dich nicht in Verachtung
vom kindischen Spiele im Staube, und
der Schritt, den ich hörte am Spielplatz,
ist der gleiche, der widerhallt von Stern
zu Stern.

44

Dies ist meine Wonne zu warten und
wachen am Weg, wo der Schatten
das Licht jagt und der Regen kommt
beim Erwachen des Sommers.

Boten mit Zeitung von unbekannten
Himmeln bieten den Gruß mir und eilen
den Weg lang. Mein Herz ist froh in mir
und der Atem der streifenden Lüfte ist
süß.

Vom Morgen zur Dämmerung sitze
ich hier vor dem Tor, und ich weiß,
daß plötzlich der glückliche Augenblick
kommt, wo ich sehend werde.

Inzwischen lächle und sing ich allein.
Inzwischen füllt sich die Luft mit dem
Duft des Versprechens.

45

Hörtet ihr nicht seinen schweigenden
Schritt? Er kommt, kommt, immer
kommt er.

Zu jeder Stunde, zu allen Zeiten, zu
jedem Tage, zu jeder Nacht, er kommt,
kommt, immer kommt er.

Manch einen Sang hab ich gesungen
in mancher Stimmung der Seele, doch

alle meine Töne verkündeten nur: Er
kommt, kommt, immer kommt er.

In duftigen Tagen des sonnigen April auf
Waldespfad, er kommt, kommt, immer
kommt er.

In dem regnichten Dunst der Julinächte
auf dem Donnerwagen der Wolken,
er kommt, kommt, immer kommt er.

In Leid nach Leid ist es sein Schritt, der
mein Herz drückt und die goldene Spur seiner
Füße läßt meine Freude aufleuchten.

46

Ich weiß nicht aus welch ferner Zeit
du immer näher kommst, mich zu treffen.
Nicht Sonne, nicht Stern kann dich verborgen
halten vor mir auf ewig.

An manchem Morgen und Abend hört
ich deinen Fußtritt und deine Boten betraten
mein Herz und beriefen mich
heimlich.

Ich weiß nicht, warum wohl heute
mein Leben bewegt ist und eine Wallung
von zitternder Freude mein Herz rührt.

Es ist, als wäre die Zeit gekommen,
mein Werk zu beschließen, und ich fühle
im Wind einen schwachen Duft deines
süßen Daseins.
Die Nacht ist fast vorbei mit vergeblichem

47

Warten auf ihn. Ich fürchte, daß
plötzlich er morgens ins Tor tritt, wenn
ich ermüdet in Schlaf sank. O Freunde,
laßt den Weg ihm offen, o wehrt ihm
nicht.

Wenn der Klang seines Schritts mich
nicht weckt, versucht nicht mich aufzurütteln,
ich bitte. Ich wünsche nicht, daß
vom Schlafe mich ruft der geräuschvolle
Chor der Vögel, nicht das Sausen des
Winds beim Feste des Morgenlichts. Laßt
schlafen mich ungestört, selbst wenn
plötzlich mein Herr in mein Tor tritt.

O mein Schlaf, goldener Schlaf, der nur
seine Berührung erwartet, zu schwinden.
O meine geschlossenen Augen, die ihr die
Lider nur öffnet im Licht seines Lächelns,
wenn er wie ein Traum vor mir steht, der
auftaucht vom Dunkel des Schlafes.

Laßt ihn erscheinen vor meinem Aug
als der erste des Lichts, der Gestalten.
Den ersten Freudenschauer in meiner erwachenden
Seele, ihn gäbe sein Blick
mir. Und laßt meine Rückkunft zu mir
zugleich auch die Rückkunft zu ihm sein.

48

Das Meer des Schweigens brach aus
am Morgen in Triller der Vogelkehlen;
und die Blumen am Wege waren alle
fröhlich; der Reichtum des Goldes zerstreute
durch Spalten der Wolken sich.
Wir aber gingen in Eile des Wegs und
achteten nichts.

Wir sangen nicht fröhliche Lieder, wir
spielten nicht, wir gingen zum Markt nicht
zu tauschen; wir sprachen kein Wort und

lächelten nicht. Wir zögerten nicht am
Weg, wir beschleunigten unsern Schritt
wie die Zeit ging.

Die Sonne stieg auf zum Scheitel, und
Tauben girrten im Schatten. Welke Blätter
tanzten und wirbelten in heißen Lüften
des Mittags. Der Hirtenbub dämmerte
und träumte im Schatten des Feigenbaumes
– und ich legte mich nieder am
Wasser und dehnte die müden Glieder
ins Gras.

Die Gefährten spotteten mein, mit erhobenem
Haupte eilten sie fort. Sie schauten
nicht rückwärts, sie ruhten nicht. Sie
schwanden im fernen blauenden Dunst.
Sie kreuzten Wiesen und Hügel und zogen
durch fremde entlegene Lande. Ehre
sei dir, du heldisches Heer, auf unendbarem
Pfade! Spott und Verachtung
spornten mich, weiter zu wandern, aber
sie fanden nicht Antwort in mir. Ich gab
mich verloren in Tiefen glücklicher Demut,
im Schatten dämmriger Freude.

Die Ruhe der sonnengesäumten grünen
Dämmrung legte sich langsam über

mein Herz. Ich vergaß, warum ich gewandert,
und ergab meinen Geist ohne
Kampf dem Gewirre von Schatten und
Liedern.

Zuletzt erwacht ich vom Schlummer
und öffnet die Augen, da sah ich dich
vor mir stehn, meinen Schlaf überflutet
von deinem Lächeln. Wie hatt ich gefürchtet,
daß der Pfad mir zu lang und
ermüdend, und der Kampf dich zu erreichen
zu hart sei!

49

Du kamst herab von deinem Thron
und standest am Tor meiner Hütte.

Ich sang ganz allein für mich in einer
Ecke, und dein Ohr fing meine Melodien
auf. Du kamst herab und standest am
Tor meiner Hütte.

Meister sind viele in deiner Halle, und
Sänge singt man dort alle Stunden. Aber
des Neulings einfaches Loblied traf deine
Liebe. Die klagende kleine Weise mischte
sich mit der großen Musik der Welt, und

du kamst mit einer Blume als Preis herab
und hieltest am Tor meiner Hütte.

50

Ich ging als Bettler von Tür zu Türe
am Dorfweg. Da erschien in der Ferne
dein goldner Wagen, wie schimmernder
Traum, und ich wunderte mich, wer
dieser König der Könige sei.

Meine Hoffnung stieg hoch, und mir
deuchten die schlimmen Tage vorbei, ich
stand Almosen erwartend, die ungebeten
verschenkt, und Reichtum, rings in den
Staub geschüttet.

Der Wagen hielt, wo ich stand. Dein
Blick fiel auf mich, du stiegst nieder mit
Lächeln. Ich fühlte, das Glück meines
Lebens sei endlich gekommen. Da plötzlich
strecktest du deine Rechte aus und
sprachst: „Was hast du mir zu geben?“

O welch ein Königscherz wars, die
Hand zu öffnen, dem Bettler zu betteln!
Ich war verwirrt, stand unentschlossen,

und aus dem Quersack nahm ich langsam
das kleinste Korn und gab es dir.

Doch wie groß mein Erstaunen, als
am Ende des Tages den Sack ich geleert
auf dem Boden, zuletzt ein kleines Korn
von Gold unter dem armen Haufen zu
finden. Und bitterlich weint ich und
wünschte, ich hätte das Herz gehabt, dir
mein Alles zu geben.

51

Die Nacht dunkelte. Unser Tagewerk
war getan. Wir glaubten den letzten
Gast gekommen zur Nacht, und die Tore
des Dorfes wurden geschlossen. Nur
einige riefen: „der König wird kommen."
Wir aber lachten und sprachen: „Es kann
nicht sein."

Uns schien, es klopfte am Tor, doch
wir sagten, es sei nur der Wind. Wir
löschten die Lampen und legten uns
nieder zum Schlaf. Nur einige riefen:
„Der Bote ists." Wir aber lachten und
sprachen: „Es ist nur der Wind."

Da kam ein Ton durch die tiefe Nacht.
Uns Schläfrigen deucht es wie Donner.
Die Erde erbebte, die Mauern wankten
und störten uns auf vom Schlaf. Nur einige
riefen: „Der Ton von Rädern wars."
Wir aber murmelten schläfrig: „Es muß
das Krachen der Wolken sein!"

Die Nacht war noch dunkel, da klang
die Drommete. Die Stimme rief: „Wacht
auf, zögert nicht!" Wir drückten die
Hände aufs Herz und schauderten furchtsam.
Nur einige riefen: „Schaut das Banner
des Königs!" Wir sprangen auf unsre
Füße und schrien: „Dann ist keine Zeit
zum Verzug!"

Der König kam, – doch wo sind Lichter
und wo sind Kränze? Wie ist ihm der
Thron bereitet? O Schmach, o tiefe
Schmach. Wo ist die Halle, der Schmuck?
Und einer rief: „Eitel dies Schrein!
Grüßt ihn mit leeren Händen, führt
ihn zu euren nackten Stuben."

Öffnet die Tore, blast auf die Muschel!
In der Tiefe der Nacht kam der König
zu unsern dunkeln Häusern. Der Donner

brüllt in den Himmel, das Dunkel erschauert
von Blitzen. Bring heraus den
verschlissenen Teppich und breit ihn im
Hof aus. Mit dem Wetter kam plötzlich
der König in furchtreicher Nacht.

52

Mir deuchte, ich sollte dich bitten
– doch wagt ich es nicht – um den Rosenkranz,
den du im Nacken trugst. So wartet
ich bis zum Morgen, da du gingst, um
ein paar Brocken auf deinem Bette zu finden.
Und wie ein Bettler sucht ich im Zwielicht
um ein oder zwei verstreute Blätter.

Doch sieh! Was find ich? Welch ein
Zeichen ließ deine Liebe? Es ist nicht
Blüte, nicht Weihrauch und kein Gefäß
mit duftendem Wasser. Es ist dein mächtiges
Schwert, flammend wie Feuer,
schwer wie ein Donnerkeil. Das junge
Licht des Morgens kommt durch das
Fenster und breitet sich über das Bett
aus. Die Morgenvögel zwitschern und
fragen: „Weib, was hast du gefunden?"
Nein, es ist nicht Blüte, nicht Weihrauch

und nicht ein Gefäß mit duftendem Wasser
– es ist dein schreckliches Schwert.

Ich sitze und sinne dem Wunder, was
heißt diese Gabe von dir? Ich find keinen
Platz, wohin ich es berge. Ich schäme
mich, es zu tragen, schwach wie ich bin,
es verletzt mich, wenn ich an den Busen
es drücke. Doch werde ich im Herzen
tragen die Ehre der Schmerzenslast dieser
Gabe von dir.

Von nun an soll keine Furcht der Welt
in mir sein und siegen sollst du in allen
meinen Kämpfen. Du ließest den Tod als
meinen Gefährten und ich will ihn krönen
mit meinem Leben. Dein Schwert ist
mit mir, um meine Bande entzwei zu
schneiden und keine Furcht der Welt
soll in mir sein.

Von jetzt an entlaß ich allen eitlen
Schmuck, Herr meines Herzens, nie mehr
will ich warten und weinen in Winkeln,
kein scheues, sanftes Benehmen mehr.
Du hast mir dein Schwert zum Schmuck
gegeben – kein Puppenschmuck ist mehr
für mich!

53

Schön ist dein Armband mit Sternen
bedeckt und künstlich getrieben in
tausendfarbigen Juwelen. Doch schöner
ist mir dein Schwert mit seinen Ringen
von Blitzen wie die ausgespannte Schwinge
des göttlichen Vogels des Vischnu,
vollkommen gefärbt im zornroten Lichte
der sinkenden Sonne.

Es bebt wie das eine letzte Zucken des
Lebens in der Ekstase der Pein beim
Streiche des Todes; es leuchtet auf, wie
die reine Flamme des Seins, die den irdischen
Sinn auflodernd verzehrt.

Schön ist dein Armband mit Sternensteinen
besetzt, aber dein Schwert,
o Herr des Donners, ist geschmiedet
mit äußerster Schönheit, schrecklich zu
schaun und zu denken.

54

Ich bat dich um nichts, ich nannte
nicht meinen Namen vor deinem Ohr. Als
du Abschied nahmst, stand ich schweigend.

Ich war am Brunnen allein, wo
querhin der Schatten des Baums fällt, die
Frauen gingen nach Haus mit ihren braunen
irdenen Krügen bis zum Rande gefüllt.
Sie riefen mir laut, „komm mit uns,
der Morgen geht auf den Mittag", doch
ich zögerte träge in dämmerndes Sinnen
verloren.

Ich vernahm deinen Schritt nicht, wie
du kamst. Dein Blick war traurig, da er
mich traf, deine Stimme müde, als du
leise sprachst– „Ach, ich bin ein durstiger
Waller". Ich fuhr auf aus wachem
Traum und goß Wasser vom Krug
auf deine gefalteten Hände. Zu Häupten
rauschten die Blätter, der Kuckuck sang
unsichtbar aus dem Dunkel, der Duft
der Bablablumen kam von der Krümmung
des Wegs her.

Sprachlos stand ich in Scham, als du
meinen Namen fragtest. Was tat ich für
dich, daß du meiner gedenkst. Doch die
Erinnerung, daß ich dir Wasser durfte
reichen, den Durst dir zu löschen, haftet
in meinem Herzen, durchtränkt es mit
Süße. Der Morgen ist spät, die Vögel

singen in müden Tönen, die Blätter des
Paternosterbaums rauschen zu Häupten
– ich sitze und sinne und sinne.

55

Matt ist dein Herz und der Schlaf liegt
noch auf dem Aug dir.

Kam nicht das Wort zu dir, daß die
Blüte in Herrlichkeit herrscht unter Dornen?
Wach, o wach auf! Laß nicht die
Zeit vergeblich zerrinnen!

Am Ende des steinigen Pfads, im Land
keuscher Einsamkeit, sitzet mein Freund
ganz allein. Enttäusche ihn nicht. Wach,
o wach auf!

Was tuts, wenn der Himmel in Hitze
des Mittags flimmert und flittert – wenn
der brennende Sand seinen Mantel des
Dursts entfaltet –

Freust du dich nicht bis zum Grund
deines Herzens? Wird nicht bei jedem
Schritt deiner Füße die Harfe des Wegs
auftönen in süßer Musik der Schmerzen?

56

Drum ist deine Freude in mir so voll.
Darum kamst du zu mir herab, o du Herr
aller Himmel, wo wäre deine Liebe, wenn
ich nicht wäre?

Du nahmst als Gefährten mich all deines
Reichtums. In meinem Herzen spielst
du das ewige Spiel deiner Lust, in meinem
Leben nimmt dein Wille ewig Gestalt
an.

Und deshalb hast du, König der Könige,
in Schönheit dich angetan, mein
Herz zu umgarnen. Und deshalb verliert
deine Liebe sich in der Liebe des Liebenden,
so wirst du geschaut in vollkommener
Vereinigung von Zwein.

57

Licht, mein Licht, weltfüllendes
Licht, augenküssendes, herzbesänftigendes
Licht!

Ha, das Licht tanzt, mein Liebling, im
Herzen meines Lebens. Das Licht rührt,
mein Liebling, die Saiten der Liebe mir,
der Himmel öffnet sich, der Wind weht
wild, ein Lachen fährt über die Erde.

Die Falter breiten die Segel über das
Meer von Licht; Jasmin und Lilien sprießen
empor in die Wogen des Lichts.

Das Licht zerstreut das Gold über jede
Wolke, mein Liebling, und es streut
verschwenderisch Juwelen.

Frohsinn hüpfet von Blatt zu Blatt,
mein Liebling, und maßlose Freude. Der
Strom des Himmels verläßt seine Ufer,
austreten die Fluten der Freude.

58

Lass alle Spannung der Freude
austönen in mein letztes Lied – Freude,
die die Erde überfließen macht in schwelgischen
Massen des Grases, Freude, die

Leben und Tod als Zwillings-Brüder setzt,
Freude, die über die weite Erde tanzt
und sich in den Sturm mischt, alles Leben
durchrüttelnd und schüttelnd mit Lachen,
Freude, die still in Tränen auf rotem
Lotos der Pein ruht, Freude, die
alles, was sie besitzt, in den Staub wirft
und kein Wort kennt.

59

Ich weiß, das ist nichts als deine
Liebe, Geliebter du meines Herzens –
das goldene Licht, das über die Blätter
tanzt, die müßigen Wolken, die durch
den Himmel segeln, der sanfte Windhauch,
der seine Kühle auf meiner Stirn
läßt.

Das Morgenlicht überflutet mein Auge
– das ist die Botschaft von dir an mein
Herz. Dein Antlitz beugt sich herab, deine
Augen schauen auf die meinen, und mein
Herz berührt deine Füße.

60

Am Seestrand endloser Welten
treffen sich Kinder. Der unbegrenzte
Himmel hängt reglos zu Häupten, das
rastlose Wasser ist ungestüm. Am Seestrand
endloser Welten treffen sich Kinder
mit Rufen und Tanzen.

Sie baun ihre Häuser aus Sand und
spielen mit leeren Muscheln. Aus welken
Blättern flechten sie Boote und lassen
sie lächelnd ziehen auf der endlosen
Tiefe. Kinder haben ihr Spiel am Seestrand
der Welten.

Sie wissen nicht, wie man schwimmt,
sie wissen nicht, wie man Netze wirft,
Perlfischer tauchen nach Perlen, Kaufleute
segeln in Schiffen, während Kinder
Steine sammeln und Steine zerstreun.
Sie suchen nicht nach verborgenen Schätzen,
sie wissen nicht, wie man Netze
wirft.

Die See braust auf in Gelächter,
schwach schimmert das Lächeln der
Küste. Todtragende Wogen erzählen
den Kindern sinnlose Lieder, gleich einer
Mutter, wenn sie die Wiege des Kinds

wiegt. Die See spielt mit Kindern, schwach
schimmert das Lächeln der Küste.

Am Seestrand endloser Welten treffen
sich Kinder. Der Sturm rast in pfadlosem
Himmel und Schiffe scheitern auf spurlosem
Wasser, der Tod ist draußen und
Kinder spielen. Am Seestrand endloser
Welten ist der große Spielplatz der Kinder.

61

Der Schlaf, der auf Kindesauge
ruht – weiß jemand, woher er kommt?
Es geht ein Gerücht, er hat seine Wohnung
im Feendorf, wo im Waldesschatten,
den schwach Glühwürmchen erhellen,
zwei zarte Zauberknospen hängen.
Dort kommt er her, des Kindes Aug
zu küssen.

Das Lächeln, das über Kindermund
huscht im Schlaf – weiß jemand, wo es
geboren ist? Es geht das Gerücht, daß ein
junger Strahl des wachsenden Monds den
Rand einer vergehenden Wolke im Herbst
traf – dort ward das Lächeln geboren im

Traum eines taufeuchten Morgens, das
Lächeln, das über Kindermund huscht
im Schlaf.

Die süße Frische, die Kinderglieder
sanft umblüht, weiß jemand, wo sie so
lang sich barg? Ja, als die Mutter noch
Braut war, da drang ihr durchs Herz in
zartem stillen Geheimnis der Liebe –
die süße Frische, die Kinderglieder sanft
umblüht.

62

Bring ich dir buntes Spielzeug, mein
Kind, dann versteh ich, warum es ein
Spiel gibt von Farben und Wolken und
Wasser, warum die Blumen so farbig getönt
sind – bring ich dir buntes Spielzeug,
mein Kind.

Wenn ich sing, um dich tanzen zu
lassen, so weiß ich wahrlich, warum Musik
in den Blättern ist, warum die Wogen
den Chor der Stimmen zum Herzen der
lauschenden Erde tragen – wenn ich
sing um dich tanzen zu lassen.

Bring ich dir Süßigkeit für deine gierigen
Händchen, weiß ich, weshalb es
Honig gibt im Kelche der Blumen, warum
die Früchte sich heimlich mit süßen Säften
anfüllen – bring ich dir Süßigkeit für
deine gierigen Händchen.

Wenn ich dein Angesicht küsse, mein
Liebling, dich lächeln zu machen, verstehe
ich sicher die Lust, die vom Himmel
herab in das Morgenlicht flutet, und
welch Entzücken der Sommerwind meinem
Leib bringt, wenn ich dich küsse,
dich lächeln zu machen.

63

Du führtest zu Freunden mich,
die ich nicht kannte. Du wiesest den
Sitz mir im Hause, das nicht mein
eigen. Du brachtest das Ferne mir nah
und machtest mich Bruder dem Fremden.

Mein Herz ist voll Unruh, wenn ich
verlassen muß das vertraute Obdach, und
ich vergesse, daß altes immer im neuen
wohnt, daß auch du dort wohnst.

Durch Geburt und Tod, in dieser
Welt oder in andern, wohin du mich
führst, du bist es, derselbe, der ein Gefährte
des endlosen Lebens, der immer mein
Herz mit den Banden der Freude dem
Ungewohnten verbindet.

Dem, der dich kennt, ist nichts mehr
fremd, keine Tür ist verschlossen. O, gewähr

dies Gebet mir, daß ich nie den
Segen verliere, das Eine zu fassen im
Spiele der Vielen.

64

Am Abhang des einsamen Flusses,
im hohen Gras sprach ich zu ihr: „Mädchen,
wo gehst du hin, mit dem Mantel
die Lampe beschattend? – Mein Haus
ist dunkel und einsam – leih mir dein
Licht!“ Sie schlug einen Augenblick
das dunkle Auge empor und schaut mir
durchs Dämmern ins Antlitz: „Ich kam
an den Fluß“ so sprach sie, „die Lampe
aufs Wasser zu setzen, wenn im Westen
der Tag geht.“ Ich stand allein in dem

hohen Gras und gab acht auf das schüchterne
Licht ihrer Lampe, das nutzlos
trieb mit der Strömung.

Im Schweigen der steigenden Nacht
sprach ich zu ihr: „Mädchen, die Lichter
sind alle entzündet – wohin trägst du die
Lampe? Mein Haus ist dunkel und
einsam, – leih mir dein Licht! „Sie schlug
ihre dunklen Augen ins Antlitz mir auf
und stand zweifelnd ein Weilchen. „Ich
kam," sprach sie endlich, „dem Himmel
die Lampe zu leihn." Ich stand und gab
acht auf ihr Licht, das nutzlos im Leeren
verbrannte.

Im mondlosen Dunkel der Mitternacht
sprach ich zu ihr: „Mädchen, was ist deine
Absicht, die Lampe ans Herz dir zu
drücken? Mein Haus ist dunkel und einsam,
– leih mir dein Licht!" – Sie hielt
einen Augenblick an und sann und schaut
mir ins Antlitz im Dunkel. „Ich bracht
mein Licht," sprach sie, „es einzureihen
dem Festzug der Lampen." Ich stand und
gab acht auf die kleine Lampe, nutzlos
verloren unter den Lichtern.

65

Welchen göttlichen Trank wolltest
du haben, mein Gott, aus dem überfließenden
Kelch meines Lebens?

Mein Dichter, ist es dir Wonne, die
Schöpfung durch meine Augen zu sehn
und am Tor meiner Ohren zu stehn,
um schweigend zu lauschen auf deine
eigenen, ewigen Harmonien?

Deine Welt webt Worte in mein Gemüt,
doch deine Freude fügt die Musik
hinzu. Du gibst dich mir selbst in Liebe,
und dann fühlest du ganz deine eigene
Süße in mir.

66

Sie, die mir immer verblieb in der
Tiefe des Seins, in des Zwielichts Flimmern
und Schimmern, sie, die nimmer den
Schleier im Morgenlichte entfaltet, wird
meine letzte Gabe an dich sein, mein Gott,
ganz eingehüllt in meinen Schlußgesang.

Worte warben um sie, doch verfehlten
sie zu gewinnen, und Überredung streckte
nach ihr umsonst sehnsüchtige Arme.

Ich schweifte von Land zu Land und
hielt sie im innersten Herzen und um sie
stiegen und fielen Wachstum und Verfall
meines Lebens.

All mein Denken und Tun, meinen
Schlaf, meine Träume beherrschte nur
sie und wohnte allein doch und abseits.

Mancher klopft an mein Tor und fragte
nach ihr und wandte sich in Verzweiflung.
Keiner war auf der Welt, der jemals
ihr Antlitz gesehen, und sie blieb in der Einsamkeit
und wartet auf dein Erkennen.

67

Du bist der Himmel und du bist auch
das Nest.

Du Schöner, dort ist deine Liebe im
Nest, die umschließet die Seele mit Farben,
Tönen und Duft.

Da kommt der Morgen mit goldenem
Korbe, in seiner Rechten trägt er den
Kranz der Schönheit, schweigend die
Erde zu kränzen.

Und da kommt der Abend über die
einsamen Wiesen, die von den Herden
verlaßnen auf spurlosen Pfaden, er trägt
kühle Lüfte des Friedens in seinem goldenen
Schlauch, von dem westlichen
Ozean der Ruhe.

Aber dort, wo der unendliche Himmel
sich breitet, in den sich die Seele zum
Fluge hebt, dort herrscht der fleckenlose
weiße Glanz. Dort ist nicht Tag noch
Nacht, nicht Form noch Farbe und nimmer,
nimmer ein Wort.

68

Dein Sonnenstrahl kommt herab auf
diese meine Erde, mit ausgebreiteten
Armen hält er an meiner Tür den lieben

langen Tag und trägt zurück zu deinen
Füßen die Wolken, gemacht aus meinen
Tränen, Seufzern und Sängen.

Mit zärtlicher Lust schlägst du um
deine Sternenbrust den Mantel der feuchten
Wolke und wandelst sie um zu zahllosen
Formen und Falten und färbst sie
mit immer wechselnden Farben.

Sie ist so leicht und schwebend und
zart und tränenvoll dunkel, das kommt,
weil du sie liebst, o du Fleckenloser und
Heiterer. Und darum darf sie dein hehres
und weißes Licht mit ihrem leidvollen
Schatten decken.

69

Der gleiche Strom des Lebens,
der Tag und Nacht durch meine Adern
fließt, fließt durch die Welt und tanzt in
rhythmischen Maßen.

Das gleiche Leben ists, das freudevoll
durch den Staub der Erde schießt in zahllosen

Gräsern und ausbricht in rauschenden
Wogen von Blättern und Blumen.

Das gleiche Leben ists, das geschaukelt
wird in der Ozeanwiege von Tod und
Geburt, von Ebbe und Flut.

Ich fühl meine Glieder erstrahlen von
der Berührung der Welt dieses Lebens.
Und mein Stolz stammt aus dem Lebenspuls
der Äonen, die durch meine Adern
tanzen in diesem Augenblick.

70

Geht es über deine Kräfte, fröhlich
zu sein mit diesem beschwingten Frohsinn?
Gefangen, vergangen, verloren im
Wirbel dieser angstvollen Freude?

Alle Dinge stürzen weiter, sie halten
nicht an, sie schauen nicht zurück, keine
Macht hält sie auf, sie stürzen weiter.

Schritt zu halten mit der hinreißenden
rastlosen Musik. Jahreszeiten kommen
tanzend und gehn. Farben, Töne und
Duft schütten endlose Kaskaden in die

überströmende Freude, die umherstreut
und hingibt und stirbt in jedem Augenblick.

71

Daß ich viel machen sollte aus
meinem Selbst, nach allen Seiten es wenden,
um in deinen Glanz farbige Schatten
zu werfen – das ist deine Maja.

Du setzest eine Schranke im eignen
Sein und rufst dein getrenntes Selbst in
Myriaden Tönen. Und diese deine Selbsttrennung
ist in mir Leib geworden.

Der helle durchdringende Sang hallt
durch den ganzen Himmel in vielfarbigen
Tränen und Lächeln, Furcht und Hoffnung.
Wogen steigen und fallen wieder,
Träume zerrinnen und bilden sich. In
mir ist deine eigene Selbstvernichtung.

Die Schranke, die du errichtet, ist bemalt
mit zahllosen Gestalten, mit dem
Pinsel von Tag und Nacht. Dahinter ist
dein Thron gewoben in wunderbar geheimnisvollen

Schnörkeln, verworfen
sind alle Linien, die kahl und gerade sind.

Das große Schauspiel von dir und mir
hat sich über den Himmel gebreitet. Von
der Melodie von dir und mir erzittern die
Lüfte, Zeitalter vergehen mit dem Verbergen
und Suchen von dir und mir.

72

Er ist es, der Innerste, der mein
Wesen erweckt mit seiner verborgenen
Berührung.

Er ist es, der seinen Zauber auf diese
Augen legt und freudig auf den Saiten
meines Herzens spielt in wechselvoller
Weise von Lust und Schmerz.

Er ist es, der den Schleier der Maja
webt in flüchtigen Farben von Gold und
Silber, von Blau und Grün, der durch die
Falten seine Füße schimmern läßt, bei
deren Berührung ich mich vergesse.

Tage kommen, Zeitalter gehn und er
ist es immer, der mein Herz unter manchem

Namen bewegt in mancher Verkleidung,
in mancher Verzückung von
Freude und Sorge.

73

Befreiung liegt nicht für mich im
Verzicht. Ich fühl die Umarmung der
Freiheit in tausend Banden der Lust.

Du schenkest mir immer den frischen
Trunk deines Weines, verschieden in Farbe
und Duft und füllest die irdene Schale
zum Rande.

Meine Welt entzündet die hundert verschiedenen
Lampen an deiner Flamme
und stellt sie auf am Altar deines Tempels.

Nein, ich will nimmer die Tore der
Sinne verschließen. Die Wonnen des Sehens
und Hörens und Tastens, sie werden
deine Wonnen tragen.

Ja, all meine Trugbilder werden zu
Freudenfackeln entbrennen und all mein
Begehren zu Früchten der Liebe reifen.

74

Es ist nicht mehr Tag, der Schatten
liegt auf der Erde. Es ist Zeit, daß zum
Fluß ich gehe, den Krug zu füllen.

Die Abendluft ist schwanger von dunkler
Musik der Wasser – es ruft mich ins
Zwielicht hinaus. In der einsamen Gasse
geht Niemand vorüber, der Wind ist auf,
die Wellen kräuseln sich auf dem Flusse.

Ich weiß nicht, ob ich je heimwärts
wiederkehre, ich weiß nicht, wen mir
der Zufall entgegenführt. Dort bei der
Furt in dem kleinen Boot spielt der Unbekannte
auf seiner Flöte.

75

Deine Gaben erfüllen all unsre Notdurft
uns Sterblichen und kommen zu
dir zurück unvermindert.

Der Fluß hat sein Tagwerk zu tun und
eilt durch Felder und Weiler; doch windet

sein unaufhaltbarer Strom zu deinen
Füßen sich, um sie zu waschen.

Die Blume durchtränkt die Lüfte mit
Duft, doch ihre letzte Verehrung bietet
sich dir dar.

Dein Dienst verarmt nicht die Welt.

Den Worten des Dichters entnehmen
die Menschen den Sinn, der ihnen gefällt;
doch ihr letzter Sinn deutet auf dich.

76

Werd ich Tag für Tag, o Herr
meines Lebens vor dir stehn von Angesicht
zu Angesicht?

Mit gefalteten Händen, o Herr aller
Welten, werd ich vor dir stehn von Angesicht
zu Angesicht?

Unter deinem großen Himmel in
Schweigen und Einsamkeit mit demütigem
Herzen werd ich vor dir stehn von
Angesicht zu Angesicht?

In dieser deiner geschäftigen Welt,
geräuschvoll von Mühen und Kämpfen
werd ich vor dir stehn von Angesicht zu
Angesicht?

Und wenn mein Werk getan ist in
dieser Welt, o König der Könige, werd
ich allein und sprachlos vor dir stehn von
Angesicht zu Angesicht?

77

Ich erkenne dich als meinen Gott
und steh bei Seite – ich kenne dich nicht
als mein Eigen und komme nicht näher.
Ich kenne dich als meinen Vater und neige
mich deinen Füßen – ich fasse nicht
deine Hand wie die eines Freundes.

Ich stehe nicht, wo du herabkommst,
um mich zu erkennen und dich mir zu
eigen gibst, um dort dich ans Herz zu drücken
und dich als Gefährten zu wählen.

Du bist der Bruder unter meinen
Brüdern, doch ich beachte sie nicht und
teile nicht mein Verdienst mit ihnen, um
alles mit dir zu teilen.

In Freude und Leid steh ich nicht auf
Seite der Menschen und so steh ich bei
dir. Ich schaudre, mein Leben aufzugeben
und so tauch ich nicht in das
große Wasser des Lebens.

78

Als nun die Schöpfung neu war und
alle Sterne schienen im ersten Glanze,
da hielten die Götter Versammlung im
Himmel und sangen: „O Bild der Vollendung!
o lautere Freude!“

Doch einer rief plötzlich: „Es scheint,
die Kette des Lichtes zerbrach und ein
Stern ging verloren!“

Die Saite der goldenen Harfe zersprang,
ihr Lied verstummt, und sie riefen im
Schrecken: „Der verlorne Stern war der
beste, er war der Ruhm aller Himmel.“

Seit diesem Tag hört das Suchen nicht
auf, der Schrei geht von Mund zu Mund,
daß die Welt ihre einzige Freude verlor.

Nur im tiefsten Schweigen der Nacht, da
lächeln die Sterne und flüstern untereinander:
„Umsonst ist dies Suchen! Unversehrte
Vollendung herrscht überall.“

79

Ists nicht mein Teil dich zu treffen
in diesem Leben, dann laß mich immer
fühlen, daß ich verfehlt deinen Anblick
– laß mich nimmer vergessen, laß mich
tragen den Stachel der Sorge im Traum
wie in wachen Stunden.

Wenn meine Tage vergehen auf wimmelndem
Markt dieser Welt und meine
Hände sich füllen mit täglichem Vorteil,
laß immer mich fühlen, daß nichts ich
gewonnen – laß mich nimmer vergessen,
laß mich tragen den Stachel der Sorge
im Traum wie in wachen Stunden.

Wenn ich am Wegrand sitze, ermüdet
atmend, wenn ich mein Bett im niederen
Staube bereitet, laß immer mich fühlen,
daß meine lange Reise noch vor mir
ist – laß mich nimmer vergessen, laß mich

tragen den Stachel der Sorge, im Traum
wie in wachen Stunden.

Wenn meine Zimmer festlich geschmückt
sind, die Flöten tönen und
laut das Gelächter, laß immer mich fühlen,
daß ich nicht dich in mein Haus
lud – laß mich nimmer vergessen, laß
mich tragen den Stachel im Traum wie
in wachen Stunden.

80

Ich bin wie ein Fetzen der Herbst-Wolke,
nutzlos streifend im Himmel, O
meine Sonne, ewig klare! Dein Strahl
hat meinen Dunst nicht aufgetrunken,
um deinem Licht mich zu einen, so zähle
ich Monde und Jahre, getrennt von dir.

Wenn dies dein Wunsch und wenn
dies dein Spiel, dann nimm meine flüchtige
Leere, mal sie mit Farben, vergolde mit
Gold sie, treib sie auf dem wehenden
Winde, gestalte zu mancherlei Wunder
sie.

Und wieder ist es dein Wunsch, zu
enden dies Spiel über Nacht, dann werde
ich schmelzen und hingehn ins Dunkel
oder im Lächeln des weißen Morgens in
der Kühle der reinen Klarheit vergehn.

81

An manchem müßigen Tag grämte
ich mich der verlornen Zeit. Doch sie
war nie verloren, o Herr. Du nahmst jeden
Augenblick meines Lebens in deine
Hände.

Im Herzen der Dinge verborgen ernährst
du den Samen zum Sproß, die
Knospe zur Blüte, die reifende Blume
zur Frucht.

Ich war müde und schlief auf müßigem
Bett und glaubte, mein Werk wäre zu
Ende. Am Morgen erwachte ich und
fand meinen Garten voll vom Wunder

82

Die Zeit ist endlos in deinen Händen,
o Herr. Niemand zählt deine Minuten.

Tage und Nächte gehn, Zeitalter
blühen und welken wie Blumen. Du weißt
zu warten.

Jahrhunderte folgen einander, um eine
kleine wilde Blume zu vollenden.

Wir aber haben nicht Zeit zu verlieren,
und da sie uns fehlt, müssen wir unser
Glück erraffen. Wir sind zu arm, um zu
spät zu kommen.

Und so ists, daß die Zeit geht, ich gebe
sie jedem, der sie zudringlich begehrt,
und dir bleibt der Altar leer von Gaben
bis zum Letzten.

Am Ende des Tages eil ich, fürchtend,
dein Tor sei geschlossen; doch
finde ich, daß dort noch Zeit ist.

83

Mutter, ich werd eine Perlenkette
für deinen Nacken aus meinen Tränen
der Sorge weben.

Die Sterne flochten die Ringe von Licht,
deinen Fuß zu schmücken, doch meine
Kette hängt auf deiner Brust dir.

Reichtum und Ruhm kommt von dir,
dir gebührt es zu geben und zu versagen.
Aber der Schmerz ist mein eigen durchaus,
wenn ich dir ihn als mein Opfer
bringe, lohnest du mir mit deiner Gnade.

84

Es ist das Weh der Trennung, das
durch die Welt sich verbreitet, Gestalten
unzählbar gebiert im unendlichen Himmel.

Es ist dieser Schmerz der Trennung,
der nächtlich im Schweigen starret von
Stern zu Stern und Gesang wird unter
dem raschelnden Laub des regnichten,
dunkelen Juli.

Es ist dies überfließende Weh, das sich
in Liebe vertieft und Begehren, in Leiden

und Freuden der Menschenwohnung,
dies ist es, das immer schmilzt und fließet
im Lied durch mein Dichterherz.

85

Als aus der Halle des Meisters zuerst
die Krieger traten, wo hatten sie ihre
Macht verborgen? Wo waren Rüstung
und Waffen?

Sie blickten arm und hilflos, die Pfeile
hagelten auf sie nieder, am Tage, da sie
aus ihres Meisters Halle traten.

Als die Krieger wieder zurück in ihres
Meisters Halle schritten, wo verbargen
sie ihre Macht?

Sie hatten das Schwert von sich gelegt
und Bogen und Pfeile; Frieden thronte
auf ihrer Stirn, sie hatten die Früchte ihres
Lebens zurückgelassen, an dem Tag, da
sie wieder zurück zu ihres Meisters Halle
schritten.

86

Tod, dein Diener ist an meiner Tür.
Er hat die unbekannte See gekreuzt und
deine Botschaft in mein Haus gebracht.

Die Nacht ist dunkel, mein Herz ist
furchtsam, und doch will ich die Lampe
nehmen, mein Tor ihm öffnen, und ihm
Willkommen bieten. Dein Bote ists, der
vor meiner Türe steht.

Ich will ihn ehren mit gekreuzten Händen,
ihn ehren mit Tränen. Ich will ihn
ehren und ihm zu Füßen legen den Schatz
meines Herzens.

Er wird fortgehn, wenn er den Auftrag
gesagt und wird auf meinem Morgen einen
dunkelen Schatten lassen, in meinem verlassenen
Heim bleibt nur mein verlorenes
Selbst, meine letzte Gabe für dich.

87

Voll verzweifelter Hoffnung geh ich
umher und suche nach ihr in allen Winkeln
des Hauses, ich finde sie nicht.

Mein Haus ist klein, und was einmal
ging, kann sich nie wiederfinden. Aber
unendlich groß ist dein Haus, o Herr,
und sie suchend kam ich an deine Tür.

Ich stehe unter dem goldenen Dach
deines Abendhimmels und hebe die
flehenden Augen zu deinem Antlitz.

Ich kam zum Rande der Ewigkeit, in
der nichts schwindet – nicht Hoffnung,
nicht Glück und nicht das Bild eines Angesichtes
durch Tränen geschaut.

O, tauch mein entleertes Leben in jenen
Ozean, versenk es in seine tiefste Fülle.
Laß mich noch einmal fühlen im weiten
Weltall die süße verlorne Berührung.

88

Gottheit des zertrümmerten Tempels!
Die zerrissenen Saiten der Vina
singen nicht mehr deinen Preis. Die
Glocken des Abends verkünden nicht
mehr deines Dienstes Stunde. Die Luft
ist still und schweigend rings um dich.

In deine zerstörte Wohnung kommen
die duftigen Frühlingslüfte. Sie bringen
die Botschaft der Blumen – der Blumen,
die man nicht mehr weihet zu deinem
Dienst.

Dein Priester von einst sehnt sich
wandernd noch immer nach dem verweigerten
Opfer. Am Abend, wenn Feuer
und Schatten sich mischen dem Dunkel
des Staubes, dann kommt er müde zurück
zum zerstörten Tempel mit Hunger im
Herzen.

Manch ein Festtag kommt zu dir im
Schweigen, du Gott des zerstörten Tempels.
Manche Nacht der Anbetung geht,
und die Lampen sind nicht entzündet.

Viele neue Bilder wurden von Meisterhand
schön gebildet und hin zum heiligen
Strom des Vergessens getragen,
wenn ihre Zeit kam.

Nur die Gottheit des zerstörten Tempels
bleibt immer unverehrt, unsterblich
verachtet.

89

Kein lautes, geräuschvolles Wort
mehr von mir – so ist meines Meisters
Wille. Hinfort sprech ich nur noch im
Flüstern. Meines Herzens Sprache wird
in dem Murmeln eines Gesanges getragen.

Die Menschen hasten zu des Königs
Markt. Verkäufer und Käufer sind alle
dort. Ich aber erhielt unzeitigen Urlaub inmitten
des Tags im Gedränge der Arbeit.

Lass denn die Blumen im Garten erblühen,
wenn es auch nicht ihre Zeit ist;
und laß die Mittagsbiene ihr träges Summen
beginnen.

Gar manche Stunde verbracht ich im
Kampfe von Gut und von Böse, nun aber
will es die Gunst meines Gespielen in
leeren Tagen, mein Herz an sich zu
ziehen; und ich weiß nicht, warum dieser
plötzliche Ruf, zu welch nutzlosem Ziel.

90

An dem Tage, da der Tod an deine
Türe klopfen wird, was willst du ihm
bieten?

Ich will vor meinen Gast das volle
Gefäß meines Lebens setzen – ich werde
ihn nicht mit leeren Händen lassen!

Die ganze süße Kelter meines Herbstes,
meiner Sommernächte, die ganze Ernte
und der Gewinn des geschäftigen Lebens,
das breit ich vor ihm aus am Schlusse
meiner Tage, wenn der Tod an mein Tor
klopfen wird.

91

O du letzte Erfüllung des Lebens, Tod,
mein Tod, komm, flüstre mir zu!

Tag um Tag hab ich gewartet auf dich,
für dich trug ich die Freuden und Schmerzen
des Lebens.

All was ich bin und habe und hoffe
und all meine Liebe flossen immer zu dir
in tiefem Geheimnis. Ein letzter Blick
deiner Augen und mein Leben wird immer
dein eigen sein.

Die Blumen sind alle gepflückt,und der
Kranz ist bereit für den Bräutigam. Nach
der Hochzeit verläßt die Braut ihr Heim,
ihren Herrn zu treffen allein in der Einsamkeit
der Nacht.

92

Ich weiß, es wird kommen der Tag,
wenn mein Blick diese Welt verliert, das
Leben Abschied nimmt in Schweigen,
der letzte Vorhang mir über die Augen fällt.

Die Sterne werden wachen zur Nacht,
der Morgen aufsteigen wie einst, die Stunden
sich heben, wie Wogen aufsteigen
in Freuden und Schmerzen.

Denk ich des Ziels meiner Stunden,
dann bricht der Stunden Schranke, ich
sehe beim Lichte des Todes die Welt
mit ihren gleichgültigen Schätzen. Leicht

wiegt ihr niederster Sitz und leicht das
geringste Leben.

Dinge, die ich umsonst ersehnt und
Dinge, die ich erlangt hab – mögen sie
ziehn. Laß mich nur wahrhaft besitzen
die Dinge, die stets ich verspottet und
übersehn.

93

Ich hab meinen Urlaub erhalten,
so sagt mir lebwohl, meine Brüder. Ich
neige mich allen und nehm meinen Abschied!

Hier geb ich zurück die Schlüssel des
Tors – und verzichte auf allen Anspruch
im Hause. Ich bitte nur noch um letzte
gütige Worte von euch.

Wir waren Nachbarn lang, doch empfing
ich mehr als ich geben konnte. Der
Tag bricht an, die Lampe erlosch, die
mir den dunkeln Winkel erhellte. Ein Befehl
kam zu mir, ich bin fertig zur Reise.

94

In dieser Zeit meines Abschieds
wünscht mir gut Glück, meine Freunde!
Der Himmel errötet im Frühlicht, der
Pfad liegt schön vor mir.

Fragt nicht, was ich mit mir nehme.
Ich beginne die Reise mit leerer Hand
und erwartendem Herzen.

Ich lege mein Hochzeitskleid an und
nicht die rotbraune Kutte der Waller.
Und drohn auch Gefahren mir unterwegs,
ich fürchte mich nicht.

Der Abendstern kommt heraus, wenn
meine Wandrung am Ziel ist, und die
klagenden Töne der Zwielichtmelodien
erklingen vom Torweg des Königs.

95

Ich wußte den Augenblick nicht, da
ich einst die Schwelle des Lebens beschritt.

Was war die Macht, die mich hieß, mich
zu öffnen in dieses weite Geheimnis, gleich
wie die Knospe im Mitternachtswalde.

Als ich am Morgen emporschaut ins
Licht, fühlt ich augenblicks, daß ich kein
Fremder war in der Welt und daß das
Unerforschbare, das ohne Namen ist und
Gestalt, mich in seinen Arm nahm in
Gestalt meiner Mutter.

So wird der Tod, der gleiche Unbekannte, mir
erscheinen als immer gekannt.
Und weil ich dies Leben so liebe, so weiß
ich, daß ich den Tod gleich lieben werde.

Das Kind schreit auf, nimmt die Mutter
es fort von der rechten Brust, um augenblicks
den Trost an der linken zu finden.

96

Wenn ich von hier geh, mag dies
mein Abschiedswort sein, daß unübertrefflich
ist, was ich gesehn.

Ich kostete den verborgenen Honig
dieses Lotos, der sich ausdehnt auf dem
Ozean von Licht – so bin ich gesegnet –
sei dies mein Abschiedswort.

Auf dem Spielplatz unendlicher Formen
hatt ich mein Spiel, dort hab ich
ihn erblickt, der formlos ist.

Mein ganzer Leib und meine Glieder
erbebten bei seiner Berührung, der jenseits
Berührung ist – und kommt das
Ende hier – laßt es kommen – dies sei
mein Abschiedswort.

97

Als ich mit dir spielte, fragte ich nie,
wer du bist. Ich kannte nicht Scheu noch
Furcht, mein Leben war lärmend.

Am frühen Morgen riefest du mich
vom Schlaf auf wie einer meiner Gefährten,

und führtest mich laufend von Lichtung
zu Lichtung.

In jenen Tagen sorgte ich nicht um
den Sinn des Sanges, den du mir sangst.
Nur meine Stimme nahm deinen Ton
auf, und in seinen Kadenzen tanzte mein
Herz.

Nun die Spielzeit vorbei, was heißt
das Gesicht, das mir plötzlich kam? Die
Welt, den Blick auf deine Füße gesenkt,
steht in Ehrfurcht mit all ihren schweigenden
Sternen.

98

Ich schmücke dich mit Trophäen
und Kränzen von meinen Mängeln. Es
steht nicht in meiner Macht, daß ich unbesiegt
entkomme.

Ich weiß, mein Stolz rennt gegen die
Mauer, mein Leben zerbricht seine Bande
in tausend Schmerzen, mein leeres Herz
schluchzt aus in Musik, wie ein hohles
Rohr, und der Stein wird in Tränen zerschmelzen.

Ich weiß gewiß, die hundert Blätter
des Lotos sind nicht für immer geschlossen,
das geheime Gefäß seines Honigs
wird offenbar werden.

Vom blauen Himmel blicket ein Auge
auf mich und ruft mich schweigend. Nichts
wird mir bleiben, nichts, was es auch sei,
den nackten Tod empfang ich zu deinen
Füßen.

99

Lass ich das Steuer fahren, dann
weiß ich, die Zeit kam für dich, es zu
nehmen. Was nun zu tun ist, soll auf der
Stelle getan sein. Umsonst ist das Sträuben.

So nimm deine Hände fort, und schicke
dich schweigend in das Verlieren, mein
Herz, nimm es als gutes Glück, ganz
still zu sitzen, wohin man dich setzte.

Ein jeder Windstoß blies meine Lampen
aus und bei dem Versuch, sie neu zu
entzünden, vergaß ich alles wieder und
wieder.

Doch jetzt will ich weise sein und warten
im Dunkeln und die Matte am Boden
ausbreiten, und wenn es dir gefällt, o Herr!
komm schweigend und nimm deinen
Sitz hier ein.

100

Ich tauch in die Tiefe des Meeres
der Gestalten, ich hoffe dort die vollkommene
Perle des Ungeformten zu finden.

Ich segle nun nicht mehr mit meinem
verwitterten Boote von Port zu Port. Die
Zeit ist vorbei, da es mir Lust war, von
Wogen geworfen zu werden.

Nun sehn ich mich hinzusterben in
das Unsterbliche.

In der Halle am unergründlichen Abgrund,
wo die Musik der tonlosen Saiten
aufschwillt, werd ich die Harfe meines
Lebens aufnehmen.

Ich werde sie auf den Ton der Ewigkeit
stimmen, und wenn sie den letzten
Laut hinausgeschluchzt hat, leg ich meine

Harfe schweigend zu Füßen des Schweigenden nieder.

101

Mein Leben lang haben dich meine
Lieder gesucht. Sie führten mich hin von
Tür zu Tür, mit ihnen tastet ich um mich
und suchte und rührte an meine Welt.

Meine Lieder lehrten mich alle Lehren,
die je ich gelernt; sie zeigten mir heimliche
Pfade, sie brachten vor meinen Blick
manch einen Stern am Horizont meines
Herzens.

Sie führten mich Tag für Tag zu den
Mysterien des Landes von Lust und Leid.
Und zu welchem Palasttor brachten sie
mich am Abend zuletzt, am Ende der
Reise?

102

Ich rühmte mich unter den Menschen,
daß ich dich kennte. Sie sehen
dein Bild in allen meinen Werken. Sie

kommen und fragen „Wo ist er?“ Ich
weiß keine Antwort für sie. Ich spreche
„Ich kann es nicht sagen.“ Da tadeln sie
mich und gehen voll Hohn. Und du
sitzest lächelnd.

Ich legte mein Wissen von dir in dauernde
Lieder. Und das Geheimnis von
dir entströmte meinem Herzen. Sie kommen
und fragen „Sag, was ist ihr Sinn?“
Ich weiß keine Antwort für sie. Ich sage
„Wer weiß, was der Sinn ist.“ Sie lachen
und gehen in äußerstem Hohn. Und
du sitzest lächelnd.

103

In einen Gruß an dich, mein Gott,
laß ich meine Sinne entfalten und rühren
die Welt zu deinen Füßen.

Wie die Regenwolke im Juli tief hängt,
mit der Last der unausgegossenen Schauer,
laß meinen Geist zu deiner Schwelle
sich neigen – in einen Gruß an dich.

Laß all meine Lieder die vielen Weisen
versammeln in einen Strom, der zum

Meere des Schweigens führt – in einen
Gruß an dich.

Wie ein Heer heimkehrender Kraniche
Tag und Nacht zu den Bergnestern
fliegt, laß mein ganzes Leben den Weg
nehmen in sein ewiges Heim – in einen
Gruß an dich.